꾸중

꾸중

초판 1쇄 인쇄   2012년 10월 22일

초판 1쇄 발행   2012년 10월 29일

지은이   최 영 욱

펴낸이   손 형 국

펴낸곳   (주)북랩

출판등록   2004. 12. 1(제2012-000051호.)

주소   153-786 서울시 금천구 가산디지털 1로 168,

우림라이온스밸리 B동 B113, 114호

홈페이지   www.book.co.kr

전화번호   (02)2026-5777

팩스   (02)2026-5747

ISBN 978-89-98268-13-8 03810

최영욱 열 번째 시집

꾸중

최영욱 지음

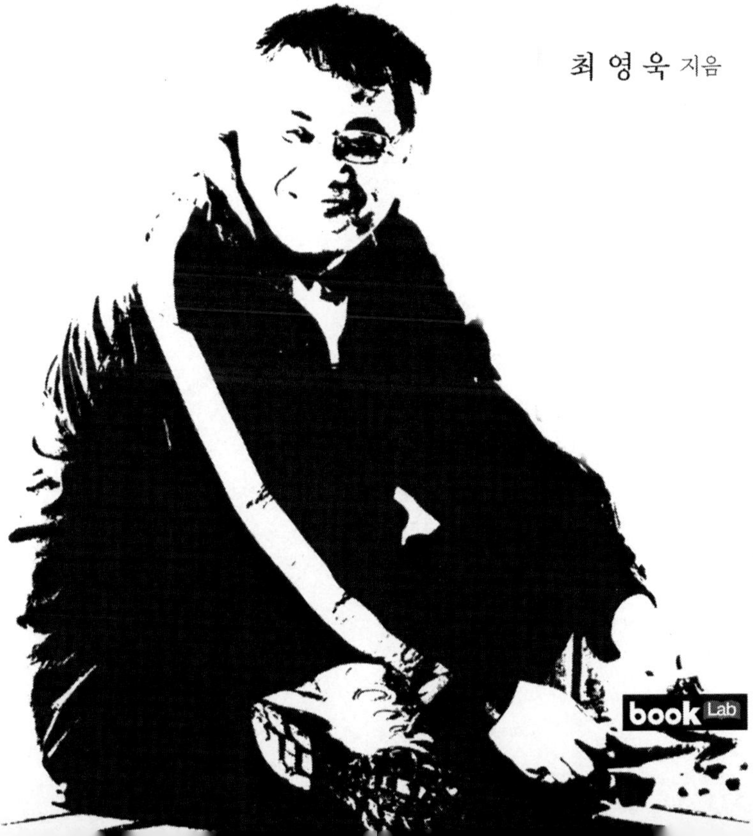

book Lab

나의 독자들에게

가장 나약하고 야비한 사람들은
괜히 이 세상에 왔다간다 하지만
그대들은 침묵하고
나는 여기에 기록을 남긴다.

Contents

나의 독자들에게

최영욱 열 번째 시집

꾸중

1부

대화

대화 · 일

분노를 버려라.

그냥 반복되고 반복되어 온 일상적인 것뿐

따지지 마라.

우리들은 늘 그렇게 해 오지 않았는가?

모든 것을 버려라.

의무감을 버려라.

누구라도 자네에게 잘못이 있다고 하지 않을 것이다.

대화 · 이

처음에는 깊은 생각으로 고민을 하다가
무리한 일이라고
무모한 일이라고 생각했을 때

수 천 명의 사람들이
본능적으로 악惡을 꿈꾸며
누구에게나 평등한 신세계를 요청하고 있다.

대화 · 삼

그쪽으로 들어오는 문은 하나뿐
이쪽으로 나가는 문도 하나뿐

또 다른 좁은 문을 못 찾은
힘없는 약한 자들과 슬픈 자들은
우왕좌왕하다 모두 숨을 거둔다.

대화 · 사

황톳길을 지나 박석고개 넘어 가다
한 길옆에 들꽃들이 온천지에 피어 있거든
몇몇 송이만 좀 따다줄 수 있겠는가?
병에 꽂아 내 방에 놓고
하루 종일 바라보고 지내려 하네.

그러면 세월이 잘 가겠지.
답답한 세월이 잘도 흘러가겠지.

대화 · 오

우리들이 서쪽 바람을 따라 가다가 돌아오지 못하면
모르는 척 우리들을 찾지 말아주게

강을 따라 흘러가다가 물길을 잃고 헤매일 때
우리들을 위하여 눈물을 흘리지 말아주게

왔던 것처럼 가는 것도
바람이며 물이며
그저 흙이라네.

대화 · 육

찬란한 LED등불 아래
꺼칠꺼칠한 얼굴로 지쳐있는 도시인

치솟은 흉물스러운 빌딩사이로
토할 것 같은 도시의 냄새를 맡으며

오늘 하루도 어김없이
똑같은 장소를 수십 번 배회하고 있다.
내일 아침이 올 때까지…

대화 · 칠

우리들에게는 아무런
선택의 여지가 없습니다.
떳떳하게 거부도 못하고
심하게 반항도 못하고
오라면 오고
가라면 가고
우리들에게는 아무런
선택의 권리가 없습니다.

대화 · 팔

887362729303030559?

-303059282050393847

001993939584720043?

-445728105839726151

대화 · 구

걸어갑니다.
곧게 뻗은 길을 혼자서 걸어갑니다.

쉬어갑니다.
높은 고개 길을 외로워 쉬어갑니다.

다시 갑니다.
두 번 다시 돌아오지는 못할 것 같아
자꾸 자꾸 뒤 돌아봅니다.

대화 · 십

정말로 하고 싶은 말은 많지만
정말로 따지고 싶은 말도 많지만
당신을 찾지 못해 그냥 돌아갑니다.

너무 엄격하고 냉정해 보이지만
아무런 대답이 없어
당신을 만나보지 못하고 그냥 돌아갑니다.

최영욱 열 번째 시집

꾸중

2부

꾸중

꾸중·일

오염된 너희들의 영혼 하나하나가
언제부터인가 나에게 묻는다.
탐욕과 위선으로 악惡을 키우고 있는
모든 믿는 것들에 대하여
하나하나 따지며 크게 꾸중을 한다.

꾸중·이

갑갑한 형식과 관습으로

그동안 잘못 배분되어져온 수많은 빈곤한 자들 중에서

지독한 고집과 독단으로 다른 사람들의 권유와 도움에

냉소를 지으며

왜? 지나친 탐욕자들을 꾸중을 하고 있는가?

꾸중 · 삼

누구에게나 보편적이고 타당한 것들에게 너무 깊이 집착
된 사람들이 외면하고, 거부하고, 협박하는 태도에
우리 모두는 함께 수긍하지 못하며 꾸중을 하고 있다.

꾸중 · 사

끊임없는 대화 속에서

천국으로 먼저 간 착각을 가진 너희들은 부끄러움도 모르고

왜? 우리들을 향해 짜증을 내며 꾸중을 하고 있는가?

꾸중 · 오

오늘 하루를 당신들과 함께 있을 것이다.
한숨 쉬고 있는 자들과 소외된 사람들과
당신들과 함께 있을 것이다.
그러니 너무 야단치지 않았으면 합니다.

꾸중·육

잊어버리지 말라.
주인은 너희들이다.
시간은 생명이 없다.

잃지 마라.
주인은 너희들이다.
들꽃은 청산에서 핀다.

비난 듣지 마라.
주인은 너희들이니
처음부터 그렇게 꾸중은 없었다.

꾸중 · 칠

너희들은 점점 높게 세우고,
너희들은 점점 작게 만들고
너희들은 차츰 시기하고,
너희들이 불신의 거래를 하였으니
그래서 꾸중을 받아 마땅하다.

꾸중·팔

어떤 남자는 자기가 마치 구세주救世主인 양 행동하고
어떤 여자는 자기가 마치 순례자인 양 거만하게 행동하고
어떤 여자는 자기가 마치 미인인 것처럼 거짓말을 한다.

이들은 꾸중을 들을 것이다.

최영욱 열 번째 시집

꾸중

3부

첨부파일

첨부파일·일

세월이 흘러 언젠가 나를
당신이 모른다고 할 때
나는 무슨 변명을 해야 합니까?

또 수많은 세월이 흘러
아무것도 믿을 수 없는 일에
당신이 따진다면
나는 무슨 변명을 해야 합니까?

첨부파일·이

깊은 한밤중에 달빛 따라 산길을 나 혼자 걸어가면
누군가 나를 따라오는 소리

깊은 한밤중에 달빛 따라 들길을 나 혼자 걸어가면
누군가 나를 찾는 소리

뒤 돌아 보면 청산에 부는 바람소리,
뒤 돌아 보면 허공에 흐르는 구름소리

첨부파일 · 삼

냉정하고 차가운 그들의 집단행동은
한 치의 오류도 없이
두 번 다시 수정보완 되지 않는
야비한 권력자의 입력항목

첨부파일·사

아주 진한 스쿨드라이버 칵테일 한 잔과
레몬 치즈 한 조각으로
긴 소파에 편안하게 휴식을 취하고 있는 여유 있는 사람

태초로부터 어리석은 줄은 알았지만

여유 뒤에 찾아오는 너무나 깊은 허무에
그는 너무 억울해 하고 있다.

첨부파일 · 오

착각 속에 서로 증오하고 있지만
종료가 되면 모든 것은 시작이 된다.

그러므로
종료를 두려워하거나 외면하지 마라
밤이 가면 분명히 아침이 오는 것처럼
항상 시작과 종료는
우리에게 동시에 허락된다.

첨부파일 · 육

가지도 못하고, 오지도 못하고
무슨 여한이 있어 아직도 떠나지 못하는가?

그대 무슨 미련이 있는가?
그대 무슨 후회가 있는가?
그대 무슨 거짓이 있는가?

같이 떠날 다른 사람은 이미 모두 떠났고
이제 우리 자네만 남았네.

첨부파일·칠

벌레들은 우리들처럼 여러 번 후회하지 않는다.
그냥 추운 겨울을 머물다 봄을 기다리는 것이다.

벌레는 우리들처럼 여러 번 좌절하지 않는다.
그냥 때가 되면 태어났다가 때가 되면 죽는 것이다.

첨부파일·팔

가난한 자들은 몇 방울의 물로
목마른 자들을 위하여 불만도 없이, 불평도 없이, 베풀고 간다.

반란을 꿈꾸지 않는 우리들은
상심한 자들을 위하여 정직하게, 깨끗하게, 노래하고 간다.

첨부파일 · 구

한번이라도 더 멀리
아주 멀리 자유를 찾길 위해
밤마다 양팔을 파드득거리며 연습을 한다.

아침에는 팔이 아파 연습을 못하고
어두운 밤에만 연습하니
양팔 밑에 있는 양쪽 날개는 자라지 못하고 있다.

첨부파일·십

젊은 지지자들이
샤넬 NO5 향수를 풍기며,
최신 스마트폰을 귀에 꽂고
VS460승용차에서 거만하게 내린다.
성형된 표준형 얼굴과 냉담한 기계문명들의 노예들
자랑할 것 없는 인공적인 몸매에 젖가슴이 다 보이는 란제리

이들은 분명히 충성을 다하는
젊은 지지자들

첨부파일 · 십일

바다 냄새가 그리운 것은
치자나무 향기가 그리운 것은
내 고향이라서 그렇습니다.

눈감으면 자꾸 어릴 때 친구가 생각나고
고향으로 가는 버스만 보아도 가슴이 뛰는 것은
내 고향이라서 그렇습니다.

첨부파일·십이

당신의 사랑이 없는
일방적이고 지시적인 명령에
우리들은 절대로 동의하지 않습니다.

당신의 배려가 없는
획일적이고 형식적인 지시에
우리들은 절대로 동의하지 않습니다.

첨부파일·십삼

별로 중요하지 않는 권한을
일반인들에게 부여하지 못한 것에
처음부터 우리들은 의아하게 생각했다.

그렇게 필요하지 않는 권한을
선택되어진 그들에게조차도 부여하지 않은 것에
우리들은 실망스러웠다.

첨부파일 · 십사

어떤 일에 오류가 발생했을 때
그냥 삭제하십시오.
그래도 작동이 안 되면 완전 삭제를 하십시오.

그러나 복구불능의 삭제도
흔적은 지울 수가 없습니다.
우리들의 잘못된 착각도 쉽게 지울 수가 없습니다.

첨부파일·십오

밤마다 어지러운 혼란과 성욕 속에서도
소리 없이 흐르는 내 마음의 조그만 강

값싼 유혹과 온갖 간섭이 있어도
언제나 말없이 흐르는 내 마음의 평화로운 강

첨부파일·십육

선택되지 못한 사람들을
가소로운 눈으로 동정하지 마라.
선택에서 제외된 사람들은
선택된 사람들을 미워하지 않고
그냥 말없이 살다가고 그냥 불만 없이 살다간다.

그러니 선택되지 못한 사람들을 더 이상 자극하지 마라.

첨부파일 · 십칠

싸구려 거울 앞에서 웃고 서 있는 중년부인

비친 얼굴을 다시 쳐다본다.

얼굴에는 온갖 시기, 질투, 욕심

거만, 부정, 아집

왔던 길은 갈 수 없지만

가려는 길에 저녁이 깊어진다.

첨부파일·십팔

흰나비야
호랑나비야
너울너울 날아라.
천국까지 날아라.

흰나비야
호랑나비야
나풀나풀 춤추어라.
아침이 올 때까지 춤추어라.

첨부파일·십구

찬란했던 시절을 잃어버리고
이제 구경꾼들에게 둘러 싸여
무기력과 나약함을 보이고 있는 그대들

많은 세월이 지난 뒤에야
권력을 빼앗긴 자기의 초라함을
깊이 자해하고 있는 그대들

최영욱 열 번째 시집

꾸중

4부

봄바람

봄바람 · 일

바다가 보이는 초록보리밭 위로
따뜻한 봄바람이 살랑살랑 불어옵니다.

수많은 세월이 흘렀지만
지금도 눈을 감으면
어디선가 봄바람이 살랑살랑 불어옵니다.

봄바람 · 이

봄바람이 자기를 따라 오라 합니다.
푸른 산을 지나서
파란 바다 건너서
하늘 끝까지 자기를 따라 오라 합니다.

봄바람이 부는 곳은 생명이 있습니다.
봄바람이 부는 곳은 노래가 있습니다.

봄바람·삼

불어오는 봄바람을 타고 가면
내 고향에 갈 수 있을 것만 같습니다.

나 어릴 때 정말로 세상에서 가장 아름다운 꿈을 가졌던 그곳
나 어릴 때 정말로 세상에서 가장 깨끗한 마음을 가졌던 그곳

불어오는 봄바람을 타고 가면
저 멀리 내 고향에 꼭 갈 수 있을 것만 같습니다.

봄바람 · 사

복사꽃이 만발하고
산 너머 진달래꽃도 지천지로 필 때면

봄바람이 우리들에게 말을 합니다.

함께 거류산으로 가자.
함께 학도고랑으로 가자.

봄바람·오

아버지가 나를 찾아 말씀하셨습니다.
봄바람이 불면 나에게로 오너라.
감꽃 잎을 뿌리며 나에게로 오너라.
풀피리 불며 봄 바다로 오너라.

아버지가 나를 찾아 말씀하셨습니다.
봄바람이 불면 나에게로 오너라.
들깨 꽃이 피면 나에게로 오너라.
꽃 옷으로 곱게 단장하고 봄 산으로 오너라.

최영욱 열 번째 시집

꾸중

5부

전달

전달·일

분명히 나는 들었다.

때가 되면
뜨거운 불길이 일어나 산과 들이 모두 다 탈 것이다.
우리들은 흔적도 없이 사라질 것이다.

전달·이

나는 또 분명히 들었다.

남쪽에서 불어오던 바람이 멈출 것이고,
이어서 서쪽방향에서 큰 강풍이 일어날 것이니
막을 자가 아무도 없을 것이다.

전달·삼

또 다시 나는 분명히 들었다.

귀가 없고, 입 구멍이 너무 커서 수백만 명을 삼킬 수 있고
몸체는 강철처럼 강하고 유연함이 없는 것들이
습격하여 세상을 지배할 것이니
모두들 준비를 하여라.

전달 · 사

나는 분명히 들었다.

동서남북에서 세 개의 그룹들이 나타나
편을 갈라 서로 치열하게 싸울 것이니 북서쪽으로 가지 마라.

이들이 사라진 후에야 평화가 올 것이다.

전달 · 오

나는 마지막으로 분명히 들었다.

우리들을 파괴하고
우리들을 멸망시킬 자들은
바로 너희들이다.

최영욱 열 번째 시집

꾸중

6부

그때가 오면

그때가 오면 · 일

내 늙어 몸이 병들어
누구의 수발을 받으며 움직일 수 없을 때

내가 태어났던 내 고향으로 한번이라도 더 가고 싶고,
노란 유채꽃이 수없이 피었던 인도 아고라로 가는 길을
다시 여행하고 싶고,
보름달이 뜬 허연 들길을 마지막으로 걷고 싶다.

그때가 오면·이

내 늙어 귀가 멀어
소리조차 들을 수 없을 때가 오면

저녁들판에 '밥 먹어'라고 소리치던 어머니 목소리를 듣고
싶고,
〈드보르작〉의 신세계 교향곡을 밤새 듣고 싶고,
바다가 보이는 산길에 누워 솔바람 소리를 하루 종일 듣고
싶다.

그때가 오면 · 삼

내 늙어 눈이 멀어
조그만 빛조차 볼 수 없을 때

어둠을 비추는 촛불을 보고 싶고,
여행에서 만났던 사람들을 하나씩 하나씩 다시 그려보고
싶고,
세상에서 가장 순수했던 나의 소년시절 얼굴을 다시 보고
싶다.

그때가 오면 · 사

내 늙어 입이 굳어
아무런 말조차 하기 힘들 때

나를 아는 모든 사람들을 만나 '그 동안 고마웠다.' 말을
전하고 싶고,
소주 한잔을 먹고 〈사노라면〉 노래를 부르고 싶고,
내 가슴의 한이 내려앉도록 마지막으로 밤새 소리 내어
울고 싶다.

그때가 오면 · 오

내 늙어 팔다리가 아파
걸음조차 할 수 없을 때

내가 묻힐 곳의 흙을 마지막으로 만져보고 싶고,
손으로 애호박수제비를 마지막 음식으로 만들어 먹고 싶고,
안국동에서 종로2가를 다시 걷고 싶고,
사람 사는 냄새가 나는 도시 속으로 하루 종일 돌아다니고
싶다.